MAIN ND

Nota para los padres y encargados:

Los libros de *Read-it! Readers* son para niños que se inician en el maravilloso camino de la lectura. Estos hermosos libros fomentan la adquisición de destrezas de lectura y el amor a los libros.

 El NIVEL MORADO presenta temas y objetos básicos con palabras de alta frecuencia y patrones de lenguaje sencillos.

 El NIVEL ROJO presenta temas conocidos con palabras comunes y oraciones de patrones repetitivos.

 El NIVEL AZUL presenta nuevas ideas con un vocabulario más amplio y una estructura gramatical más variada.

 El NIVEL AMARILLO presenta ideas más elevadas, un vocabulario extenso y una amplia variedad en la estructura de las oraciones.

 El NIVEL VERDE presenta ideas más complejas, un vocabulario más variado y estructuras del lenguaje más extensas.

 El NIVEL ANARANJADO presenta una amplia de ideas y conceptos con vocabulario más elevado y estructuras gramaticales complejas.

Al leerle un libro a su pequeño, hágalo con calma y pause a menudo para hablar acerca de las ilustraciones. Pídale que pase las páginas y que señale los dibujos y las palabras conocidas. No olvide volverle a leer los cuentos o las partes de los cuentos que más le gusten.

No hay una forma correcta o incorrecta de compartir un libro con los niños. Saque el tiempo para leer con su niña o niño y transmítale así el legado de la lectura.

Adria F. Klein, Ph.D.
Profesora emérita, California State University
San Bernardino, California

Editor: Christianne Jones
Page Production: Melissa Kes/Tracy Davies
Art Director: Keith Griffin
Managing Editor: Catherine Neitge
The illustrations in this book were created digitally.
Translation and page production: Spanish Educational Publishing, Ltd.
Spanish project management: Jennifer Gillis/Haw River Editorial

Picture Window Books
5115 Excelsior Boulevard
Suite 232
Minneapolis, MN 55416
877-845-8392
www.picturewindowbooks.com

Copyright © 2006 by Picture Window Books
All rights reserved. No part of this book may be reproduced without written permission
from the publisher. The publisher takes no responsibility for the use of any of the materials
or methods described in this book, nor for the products thereof.

Printed in the United States of America.

Library of Congress Cataloging-in-Publication Data
Blackaby, Susan.
[Dan gets set. Spanish]
Dan pone la mesa / por Susan Blackaby ; ilustrado por Ryan Haugen ; traducción,
Carlos Ruiz.
p. cm. — (Read-it! readers)
Summary: Easy-to-read text reveals that Dan has forgotten something very important
while setting the table for supper.
ISBN 1-4048-1682-8 (hard cover)
[1. Tableware—Fiction. 2. Helpfulness—Fiction. 3. Spanish language materials.]
I. Haugen, Ryan, 1972- ill. II. Ruiz, Carlos, 1949- III. Title. IV. Series.

PZ73.B5524 2005
[E]—dc22
2005024982

Dan pone la mesa

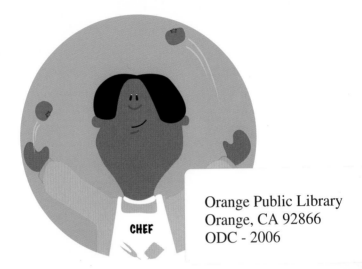

Orange Public Library
Orange, CA 92866
ODC - 2006

por Susan Blackaby
ilustrado por Ryan Haugen
Traducción: Carlos Ruiz

Con agradecimientos especiales a nuestras asesoras:

Adria F. Klein, Ph.D.
Profesora emérita, California State University
San Bernardino, California

Kathy Baxter, M.A.
Ex Coordinadora de Servicios Infantiles
Anoka County (Minnesota) Library

Susan Kesselring, M.A.
Alfabetizadora
Rosemount-Apple Valley-Eagan (Minnesota) School District

PICTURE WINDOW BOOKS
Minneapolis, Minnesota

Mamá prepara la cena.

Papá ayuda.

Dan también ayuda.

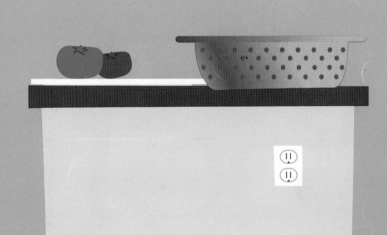

Dan pone la mesa.

9

Dan cuenta los tenedores
y las cucharas.

CHEF

11

Dan cuenta los platos.

Dan cuenta los vasos.

CHEF

15

Dan cuenta las servilletas.

17

Mamá, Papá y Dan
se sientan a comer.

19

¿Qué falta?

21

¡Dan no se contó!

Más *Read-it! Readers*

Con ilustraciones vívidas y cuentos divertidos da gusto practicar la lectura. Busca más libros a tu nivel.

FICCIÓN

Bess y Tess	1-4048-1689-5
El cuadro de Mary	1-4048-1649-6
Un cuarto para dos	1-4048-1694-1
De pesca	1-4048-1684-4
Juanita juega	1-4048-1652-6
El lugar de Luis	1-4048-1688-7
El mejor futbolista	1-4048-1690-9
Mudanza	1-4048-1686-0
El primer día	1-4048-1627-5
Pruébalo	1-4048-1692-5
Acampar	1-4048-1681-X
La carta de Paula	1-4048-1687-9
Eric no juega	1-4048-1683-6
Fito y el pito	1-4048-1691-7
Meg sale a pasear	1-4048-1685-2
Vamos a compartir	1-4048-1693-3
Cansada de esperar	1-4048-1695-X

¿Buscas un título o un nivel específico? La lista completa de *Read-it! Readers* está en nuestro Web site: *www.picturewindowbooks.com*